Je veux
des pâtes!

ISBN 978-2-211-09739-0
Première édition dans la collection « lutin poche » : novembre 2009
© 2008, l'école des loisirs, Paris
Loi numéro 49 956 du 16 juillet 1949 sur les publications
destinées à la jeunesse : septembre 2008
Dépôt légal : août 2018
Imprimé en France par Aubin Imprimeur à Ligugé

Stephanie Blake

Je veux des pâtes !

les lutins de l'école des loisirs
11, rue de Sèvres, Paris 6e

Il était une fois un

petit

lapin

qui

ne voulait manger

qu'une

seule

chose...

Des pâtes !

Le matin,
lorsque sa maman lui disait :
« Viens manger tes tartines,
mon petit lapin »,
il répondait :
« Pouah ! C'est pas bon,
je ne veux pas manger ça ! »

Le midi,
lorsque son papa lui disait :
« Viens manger ton bifteck
et tes haricots verts,
mon petit lapin ! »
il répondait :
« Je VEUX des pâtes ! »

Un soir, au dîner,
lorsque sa maman lui dit :
« Mange ta soupe, mon
petit
lapin »,
il répondit :
« BEURKSÉPABONLASSOUP
DEPOTIRON ! »
Alors sa maman se fâcha
et dit :
« Simon, ça suffit !
Va dans ta chambre,
tu es puni ! »

Alors,
d'une
toute
toute
toute
petite
voix,
Simon dit :

« Mais moi, je veux manger des pâtes ! »

Je veux manger des pâtes !

Je veux manger des pâtes !

Je veux manger des pâtes !

JE

VEUX

MANGER

DES

PÂTES !

Tout à coup
et
tout à trac,
Simon se mit à rouler
des yeux démoniaques.
Il devint fou
et poussa
un hurlement de loup :
« JE VEUX DES PÂTES,
un point c'est tout ! »

**Mais lorsqu'il entendit
sa maman dire à son papa :
«Oh! Mon chéri! Ton gâteau
au chocolat est exquis!»
il se calma, et dit :**

«Pourrais-je avoir
du gâteau au chocolat,
moi aussi ? »
Alors sa maman répondit :
« Viens manger ta soupe,
mon petit lapin,
et tu auras du gâteau,
c'est promis ! »
Et c'est exactement ce qu'il fit !

Mais le lendemain à midi,
lorsque son papa lui dit :
«Viens manger tes pâtes,
mon petit lapin !»
il répondit :

«JE VEUX DU POULET!»